冬青草をふんで

いとう柚子詩集

Yuko Itoh

コールサック社

詩集

冬青草をふんで

目次

序詩　冬青草《ふゆあおくさ》をふんで　6

I

長い散歩　10
こいうた　14
竹の秋　18
自画像　―卒業するSに―　22
春の陽と　26
六月　30
影　34
渡る　38

II

ゴールウェイの街で　―あいるらんど―　44

if 48
ヘブンリーブルーの壁 52
はじまりの秋 56
十一月がおわる日に 58
三人称 62
春の鳥かご 66
ハイクが海のむこうから 70

Ⅲ

らくしゅ 76
定位置 80
お返し 82
白猫ミュウ 84
たごとのつき 86

健診の日に　90
その前の日　94
陶片　98

鈴木比佐雄　100
あとがき　110

いとう柚子詩集

冬青草をふんで

序詩　冬青草《ふゆあおくさ》をふんで

秋野の果てをふみこして
足裏にはいま
冬草の原
片時雨がやんで
みじかい草々に
いつくしむように陽差しがそそいでいる

いっしゅん青緑の広がりに
なつかしい匂いがみちわたる
記憶の底ふかくから掬いあげられる

春のさざめきを
夏のまぶしさを
もうしばらく抱きしめて歩いてみよう

すぐそこであるような
まだすこしむこうであるような
ほんとうの果てで
一人称の物語が閉じられる
その日も　きっと
この草の原から遠くはなれた
見知らぬ明るい地で
見知らぬだれかの胎内に
あたらしい命が育ちはじめている

I

長い散歩

小春の陽差しにさそわれて出かけたちい姉が
宵闇をつれて帰ってきた

デパートの画廊でワタナベ先生に会ったの
人ちがいでしょう
もうずっと以前に亡くなったでしょう
待ちほうけたことばは行き場をなくしたまま

米寿をすぎたちい姉のワタナベ先生は
女学校で国語を教わった恩師だ

胸ポケットに日の丸をつけたセーラー服の
軍国少女たちの集合写真で
校長先生のとなりにかしこまっていた
すこし横向きで背広姿の半身は
床屋のモデルみたいだった

野菜スープを温めなおす背中に
満面の笑顔が追いかけてくる
先生の方から名前をよんでくれたの
いまどんな絵を描いていますかって
人ちがいでしょうとはもう言わない
存命なら百二十歳をこえているはずでしょう　とも

画廊はほんの目と鼻のさき
ちい姉のきょうの散歩は

歩いて歩いて
七〇年以上前の
雪深い町の女学校の校庭に行きついたらしい
遠い日の女学生に恩師役をあてられたのは
どんな紳士だったろう

本当とつくり話のないまぜの報告が
台所を出たり入ったり
スープの具のすき間にこぼれた安堵とふきげんは
いつまでも生煮えだ

こいうた

わたしのなかに
ひとつの小さな部屋がある
あなたのための部屋

最後の訪れから何年になるだろう
ちい姉のところには
足しげく姿をみせるらしいのに
わたしには声すらきかせてくれない

夢で会ったあなたの

ことばやふるまいを
ちい姉はきまって朝の食卓にひろげてみせる

　ふゆなのにてっせんもようのゆかたきててね
　メドレーでどうようをハミングしながらミシンふんでた
　じょがっこうからのかえりがおそいってとってもしかられたの

ふ～ん　で？　と相槌うつふりをする
味噌汁をあたためたり
卵を割ったりしながら
ほんとうは嫉妬しているのに
のんきなちい姉に
わたしのあわだつ背中なんかみえていない

雪の野を遠くへ旅立っていったあなたの齢を

もうはるかに超えてしまったけれど
あなたのための小さな部屋は
かわらずに用意されている
褒められたくて
叱られたくて
抱きしめられたくて

だから
訪ねてきてください
おかあさん

竹の秋

頭上にも
地上にも
葉ずれの音はやむことはない

さまよい歩いて気がつけば
竹の林のなかにいた

散り敷くおびただしい落ち葉
積み重ねられたおびただしい過去

足元のあたりからじんわり
なつかしいものの気配がする
目を近づけると
落ち葉のすきまに耳のようなものが
見えかくれしている
もう使わなくなった　わたしのふるい耳
拾いあげると
聞こえてきたのは
雪代の音
小学校の入学式の帰り道
手をつないだ母と聞いた音

見渡せば
あちらにもこちらにも
そのまたずっと向こうにも

わたしのふるい耳たちが散り敷いている
竹の朽ち葉そっくりに

ここは音の記憶のあつまるところだったか
一つひとつかすかにちがう色と形
過ぎた日々にきいた声や響きはこんなふうに
わたしの中の巻貝にしまわれていたのだったか

あわい桜色がにじんだのは
ひそかに好きだったひとからの
初めての電話の声
薄くたよりなげなのは
異国の古都の橋の欄干に
疲れた体をあずけてきいた夕べの鐘の音
この身が放ったものもある

いびつにひしゃげたのは
依怙地からひとを傷つけたことばの刃先
くすんでとがったあれは？
苦すぎる失敗　恥多いふるまいのたびに
思わずもらした愚痴かため息

葉群れを縫ってふりそそぐ
午後の木洩れ陽が
ひっそりと影さしている
積み重ねられた時の落ち葉に
散り敷くわたしのふるい耳たちに

自画像

——卒業するＳに——

真新しい制服の自画像が
あなたとのはじめての出会いだった
十六歳の心の水辺をあらう
怖れと憧れのかすかな波立ち
観る者に
筆をもつ自分に
おおきな瞳が問いかけていた
おまえは一体何者なのかと
干し草色の背景は
迷いこんだ森のようだった

美術室のおそい午後の光の中に
〈在るもの〉と向き合う無心な背中があった
廊下を過ぎるざわめきも
グラウンドに重なり弾む声も
踏みいることのない領域だった

友をモデルにした人物
テーブルの上の果物　ガラス瓶　石膏像
床とイーゼルに立てかけられた
デッサンや油彩画の
ごまかしのない形と
重ねられた色の深さが
無口で飾らないあなたの言葉

きょう卒業展で相まみえる
十八歳のあなたの自画像
紺色の制服の日々は
訪れる時間にとけてゆくだろう
頬におとなの翳りを宿して
視線は
額縁の奥からはるかな時へ
今はまだ見えない
色と形が待つところへ

春の陽と

何年も住む人がいなかった
ある日若い夫婦が引っ越しのあいさつにきた

二人のあいだで幼い女の子が
まじまじとわたしを見あげている
こちらの「こんにちは」に
小さな体をふたつに折って
とびっきりの笑顔で
お返しの「こんにちは」

それからときおり
ベランダの仕切り越しにつたわるあどけない気配
片言まじりのおしゃべり
木琴のひびき　歌う声
駄々をこねているらしい午後もあって

老い増す日々
出会いよりはるかにしげく
別れをたえねばならない
この冬も
三人の近しい人の死を胸にしまいこんだ

けれど
春の陽といっしょに
遠い街からきた幼いひとのあまやかさに

胸底深くこわばり沈んだものが
すこしとかされてゆく

六月

降りやまない雨は夢の中にも浸水した
ぬれながら疏水のほとりを歩きつづけて

疏水は白くけむる川となり
やがて朽ちかけた木の橋のたもとにいた
忘却の彼方から少しずつ色と輪郭があらわれ
欄干に凭れて流れをのぞいているひとがみえる
背を向けたシルエットですぐにわかった
先年どこでもないところに行ってしまったひとだ
（この橋を渡って行ったのだろうか）

――ずいぶん歩いたでしょう　おつかれさん
それから
泥と草の露にまみれたわたしのスニーカーをみて
――まだ宿題はできていないようだね
あれはもう反古になったのではなかったのか
そのひとの足元をみれば
愛用の楽器もすっかり古びている
――歌の詞《ことば》はシンプルに　ね
そういえば　なんども念を押されたのだった
たしかふたつの歌ができた　はやりのフォーク調で

三つ目の歌の一節はあちらに
二節目は書きかけのまま
解かれない荷物の間で忘れられた

――もう曲はできているんだ
ギターをつまびいて唇がうごいたけれど
耳にとどくのは風と水音だけ
――雨がやんだら　みつかるかもしれない
　もう行かなければ　舟が待っているので

遠ざかる気配の半ばでめざめれば
ふたたび激しくなる荒梅雨の濁音

濃い闇のざわめきをかきわけて
夢のひとからの
古い宿題のしまい場所をさがしはじめる

影

以前高熱を出したことがあったでしょう
その跡がみえますね
心配なものではありませんが

おだやかに伝えられた安心を
深呼吸といっしょに反すうしながら歩く

はだかの街路樹が
冬の陽射しにうすい影をおとしている
診察室の壁に並べられた何枚もの断層写真の

どこかにうつっていたのも
こんなうっすらとした影だったのか
素人にはおよそ見分けがつかないほどの

この肺に消えずに記録されたのは
いつの病なのだろう
手繰りよせる
見えない影のずっと奥から
かすかな声が聞こえる
ちがうよ　それは
ひととの年月の火にくべられたものの
炎の熱さだったのだよ

すっかり消しおおせたはずの痕跡が
こんなところに潜んでいた？

そのひとの声と視線
言葉と仕草をないまぜに映して
おびただしい数のフィルムが
闇にゆれている
闇をゆらしている

渡る

最後の夜を
積み重なる箱に囲まれて
泥のように眠った

夢の底に
ひたすら歩く自分がいる
長い橋の上を
片足に真新しいウォーキング・シューズを履き
もう片方に捨てそびれた靴をひっかけて

橋のどの辺りなのか
左右に霧がながれ
目指すところさえ定かではない
背後のなじんだ日々のざわめきの方へ
足は後ずさりしたがっている

〈古い靴は脱いできなさい〉
〈渡りきりなさい　ふりむかないで〉
自分の声なのか　それとも
橋の向こうからの呼びかけなのか
痛む足をかばいながら
上目づかいに見はるかす先に
ふいに橋の終わりが見えた
そこから始まる風景の方へ手をのばし
駆け出そうとして

眠りは途切れ

薄闇の中
むき出しになった柱と壁の疵や染みは
二十二年間の春秋　夏冬
渡ってきたいくつもの橋が
途切れた夢のおさらいのように
まなかいを通り過ぎる

夜が明けたら
ここにわたしはいない
ここは記憶の在りかになるだけ
夢の中の呼びかけに促がされ
眠りに戻りかけながら

あたらしい街ではじまる日々を
まさぐっている

II

ゴールウェイの街で　―あいるらんど―

やわらかな明るさのなかを歩いていた
たたみこんだ屈託を削いでくれる街
古い石造りの教会から
鐘の音が中空へ溶けてゆく
ヨーロッパの西端の国
その西端の街を
ただ歩きたいように歩く
地図はカバンにいれたまま

気づくと耳がきれぎれにとらえているのは
鐘の残響ではない
高音の歌声と三弦の音色

観光客でにぎわう十字路の一角
二つの太鼓をまえに座る男のひと
三弦を弾きながらうたう女のひと
調子をとり合いの手をいれる若い女
〈乳母車に飴をしゃぶる幼い子〉
家族とおぼしき沖縄の三人が
安里屋ユンタを披露している
張りのある声とリズムは
辺りの大道芸人の誰よりもお客を集めて

どうしてこの国でこんなふうに?
毎年来るんです　とても心地いいところでね
男のひとが答えて三弦のひとをみる
女のひとは小さく笑って楽器をもちなおす

次の唄は哀愁にみちたすこし重い曲

なぜだろう
島唄のメドレーはこの街にとても似合っている
まるで何百年もこの街の路地や川べりに流れていたように
あの教会の鐘の音のように

曲がりくねった小路の行き止まり
コリブ川の岸辺にきても
耳の底に三弦の響きがつづいている
ここはとても心地いいところでね
この国に来て五日目
わたしが初めて会った日本人
初めてふれた日本語
けれども

あの人たちにとって　わたしは
〈同国の人〉だったのか
もしかしたら
〈沖縄人《ウチナンチュ》〉ではない〈大和人《ヤマトンチュ》〉という外国人だった?

あいるらんど
闇の時代を幾世紀もたどって
きょう屈託のない明るさを息づいている国
おきなわ
いまも薄暗い迷路のただ中にある島

古いケルトの物語に抱かれた街で出会った沖縄島唄が
コリブの流れにのって遠ざかる
川面にふたつの歴史の影をのこして
旅人の心に小さな波をおこして

if

もしもいま——なら
もしもあのとき——だったら
　事実に反する仮の思い
　これが仮定法のifです

午後の授業
文法の授業はいつも退屈
先生の声はいつもくぐもっている
乳白色のうたたねの中で
仮の思いばかりがふくらんで

少女はかなえられない夢の一つひとつに
if　でふちどりする
if　でハミングする
if　で色をそめる
〈もしも〉でしかない願いが
つかのま
鮮やかな形になる
涼やかな音になる
クレパスの絵になる

少女のうたたねの中でうまれたifは
それから行方も告げずに
風にまぎれて流れて消えて

この世の果ての風の吹きだまりに
花びらのように散りしく　if
蝶のむくろのように折り重なる　if
鬼火のようにゆらめく　if

老婆がひとり蹲って
かぞえ唄をうたっている
もしもあの日――
もしもあのとき――
現にはなりえなかった思いの数かずの
ほつれた縁どりを
消えうせた音色を
褪せた色もようを
なぞっているのは
永遠と隣り合わせの闇にまどろむ

灰色の五感

ヘブンリーブルーの壁

引っ越してまもなく後悔した

朝いちばんに開ける窓の外に
あたらしい空と雲がない
駐車場の向こうに立ちはだかる
怪物めく集合住宅の
壁と窓とベランダの柵
人の気配のうすい空間に
洗濯物のはためく景色もない

ある朝　窓の向こう
目の高さの
のっぺりした壁のひとところに
まるい　青いものが　ふたつ
次の日には　やっつ　ここのつ
目をこらせば
数本の支柱にそって
大輪の朝顔が咲いている　あれは
ヘブンリーブルー

灰白色を背景に　青い花は
朝ごとに数を増してゆく

むかえる朝のいっときのために
ひと夜の闇のなかで

色と形をととのえる花たち
酷暑の日々のせめてもの慰めのように
街なかの夏を咲きついで――

いまは秋のただ中
朝ごとに
　数少なく
　　姿小さく
　　　色あせて
やがて
ことしを咲ききってしまうだろう

天上には遠すぎる壁に
天上の青を咲かせた人の影を
まだいちどもみていない

はじまりの秋

烈しい陽光を弾いて
街角や海辺にあふれていたものは
残らず
炎暑の果てに去っていった

変色した風景のむこうに
あてどない記憶をさぐる午睡につかれて
古い椅子から立ち上がったとき
それは　不意にきて
肩先にふれた

気配の方を振りむくと
遠い高みから架けられた見えない螺旋階段を
真新しい秋が降りてくる
白い風の弦
光の弦の
澄んだフーガを響かせて

その響きのなかに
忘れていた小さな旅の約束を
思い出させるひとの声があった

十一月がおわる日に

枯葉が舞いこむように
頭の中にひとつの名前が舞いおちた
マダム・レミンスキー*
いつどこで出会ったのかしら
マダム・レミンスキー　と小さく呼んでみたが
どこからも返事がない

宅急便を送って
洗濯物を取りこんで
明日のパンを買いに自転車を走らせて

せわしい午後の雑用のあいまにも
マダム・レミンスキーが低いノイズであらわれる
自分の声なのにうっとうしい

一日の台所の始末をおえるころ
やっと鮮やかになった
無造作な髪形に古びた服装のうしろ姿が
くるりとこちらを向く
ああ　何十年も前に読んだ短編小説の主人公
北欧の国からアメリカの小さな大学都市にきた音楽教師
突拍子もない　けれど　すこしも害にならない
たくさんの真剣な嘘で
単調な日々と孤独をまぎらわそうとする中年女の物語

彼女の齢を追い越したわたしも

詩の中でたくさん嘘をついたので
あのときよりずっと親しくなれそうだ
まずは再会のあいさつをと
カバーのほつれた文庫本を開きかけると
ページの奥から聞こえてきたのは
もの憂いが艶のある声

わたくしは
マダム・ジレンスキー
レミンスキー
などではありません

思わぬ失態を照れ笑いでごまかしても
ふたつの名が入れ替ったわけはわからない
せめて行く秋の長い夜

はじめての出会いのように
マダム・ジレンスキーの物語にはいってゆく

＊カーソン・マッカラーズの短編小説
「マダム・ジレンスキーとフィンランドの王様」

三人称

三人称単数現在形の動詞には
sまたはesを忘れずにつけて
そういって先生はなんども練習をくりかえした

どうして?と
中学生の頭をとまどわせたルールに
年経たある日
わたしだけの答えをみつけた
語学の歴史書の中にではなく
わたしが歩いている細い道の端に

私　でもなく
貴方　でもなく
彼ら彼女たち　という
十把ひとからげの存在でもなく
私　と同じに
貴方　と同じに
ここかしこで今の瞬間息づいている
ひとりひとり　ひとつひとつを
貴方や私がしかと心に受けとめるようにと
こんなめんどうなきまりが
ことばという行いにおさめられたのだ

仕事をする　珈琲をいれる　野菜をかう
つましくぎこちなく暮らすわたしの

日々の営みにも
わたしを三人称でよぶ誰かが
何気ない心くばりをしているかもしれない

春の鳥かご

まだ売れずにある
古びた木製の四角い鳥かご
三年以上も前から
アメリカ物アンティークショップの軒下につるされて
〈４５０００円〉の黄ばんだ値札は
四月の気まぐれな突風にちぎれそうだ

星条旗模様のカバン
迷彩色のウインドブレーカー
縁のはげかかった車のナンバープレート

ニューヨーク・ヤンキースのロゴ入りTシャツ
褪せていっそう騒々しい物たちの後ろのくらがりに
忘れられたようにぶら下がっている
〈水色のスチール製ケージはさっさと買われていったのに〉

カリフォルニアのユーレカからきました
五十年代のものですよ　と店主がいう
二十世紀の後ろ半分に
何羽のことりがこの中で生きて死んだのだろう
彼らの嘴は「ユーレカ！」と唄っただろうか
今はもう
飼い主と飼われたものたちが紡いだ
海の町の物語は剝げおちて
古寂びたふぜいに
この田園の街の匂いが似合いはじめている

雨の季節がくるまえに
年経た住まいの窓辺にゆらしてみようか
閉じ込めるものはいらない
新樹の風と光なら
つかの間とどまって通りすぎてゆくだろう

ハイクが海のむこうから

二番目の〈ケッサク〉です
太平洋を飛び越えてきたメール
三行の詩と添えられたひと言

In the annoying crowd
Songs are wandering
like my dreams

うっとうしい群衆の中で
歌がさまよっている
ぼくのむかしの夢のように

レイの〈初めてのハイク〉は
十年も前だったか

日本滞在二年目
はにかみながら
ちょっと得意げに
秘密をうちあけるように
内ポケットから取り出したちいさな紙片

Surrounded by darkness　閉ざされた闇のなかに
Glittering of a jewel　ぎらりと光る宝石
Peace or peril?　やすらぎ　それとも危険？

いいね　センスあるね　ケッサクね
ほめ言葉を連発すると
思いつきでできたんだ
〈思いつきで〉をくり返して照れていた
〈閉ざされた闇〉の中身はきかずじまいだった

スポーツとＳＦが好きなアメリカ青年
ハイクは
日本での数ある思い出のひとつに
おわるとみえたけれど
法律用語のつまった日々の端に
いまもひっかかっているらしい
そして〈ケッサク〉も
数少ない日本語のストックの中に

いつの日か作品第三が
二万キロの海を瞬時にまたいで
スクリーンに浮上するだろうか
歌はそのときもさまよっているのだろうか

カリフォルニアの陽ざしと匂いを届けてと
返信のキー打つ眼の隅に
雪模様の空

（ハイク訳出は著者）

Ⅲ

らくしゅ

てが落ちるって　なに？
ノブ君の　なに？　はいつも不意打ちだ
わたし宛の絵葉書をながめている

そっくりのシーンがいつかあったような
冬の終わりの午後
炬燵のテーブルの上
母に届いた葉書の一行目
―お手紙と写真　落手致しました―
杉並の叔父さんの黒々とした筆文字だ

夢想ずきな女の子の頭のなかは
たちまちいそがしくなる

　母さんのことばでふくらんだ封筒は
　　春まだ遠い最上《もがみ》の雪空をくぐり
南をめざして飛びます　ひたすら　けんめいに
まだらに雪の残るお寺の屋根を越え
　冴えかえる夜の闇を突っきります
　いくつ県境をまたいだでしょうか
すこしずつ暖かくなってくる大気に
　　　ときどき眠くなりながら
飛びつづけます　けんめいに　ひたすら
芽吹きを準備している梢の間をぬけ
小さな町の辻公園で子どもたちの声をきき
杉並の家の年経た白梅の枝で深呼吸

ようやく叔父さんの大きな手に受けとめられました
五日かけて役目を終えた封書が
そのときつぶやきます
—ぶじ　らくしゅ
叔父さんもつぶやきます
—らくしゅ　ごくろうさん

そっかぁ　メールで〈らくしゅ〉っていえないんだね
ノブ君のなっとくに
ひそかな追想の時間は
さらりと覆いをかけられた

ある日　ノブ君のママがいう
パパのお土産にも誕生日のプレゼントにも
お気に入りの決めゼリフ

らくしゅ　ありがとうって

定位置

きのうは　台所用の鋏
おとといは　ペンケース
なにかを探してしばしの時を費やすのが日課になった
きょうは
一つのことばと短い一行の行方
（昨晩《ゆうべ》歯をみがきながらやっと摑まえたばかりだったのに）

台所の鋏　みなかった？
皮のペンケース　みつけたらおしえて
こんなふうにいかないものか

色も形も　匂いも感触も
伝えるすべがない

定位置ごとどこかにいったにちがいない
気まずいくったくを
鼻歌にまぶして買い物にでる
帰りの交差点で
自転車のかごなどのぞいてみれば
葱の束や刺身のトレイの隙間から
ちらと見えるかもしれない
うまくいけば
定位置ごとそっくり出てくるかもしれない

お返し

どこにいても健やかでいれば……
と毎年書き送ってくるNが
どこでもないところに行ってしまった

ことわりもなく
約束をやぶられた気分で
大ホールの黒い群れのひと隅にすわった
服の下に　こっそり
ちいさな石のペンダントをさげて

いつかの誕生日に
ざんげ坂のてっぺんで
一本の樹氷からとりだした
へたな手品師みたいだったけれど
ゲレンデの白銀にきらめいていた
赤いちいさな石

Nよ
さあ　こんどはわたしが手品師
闇いろ一色の空間に
深紅のひとつぶをとりだしてみせましょう
首尾よくいったら
黒枠から抜け出ていらっしゃい

白猫ミュウ

お惣菜屋の棚の上
額縁の中からお客を見おろしている
真っ白な猫

半月前まで店の戸口で
お客を見あげていた
通いの看板猫ミュウ

白いのが災いしたんですよ
吹雪の夕方

道を横断中に轢かれてしまって

理不尽このうえないねえ
あんなに立派にはたらいて
いちばんの美点で死んじゃうなんてねえ

飽かずくりかえされる
店主とお客のやりとりに
ミュウの眼差しがはにかんでいる

九つの命をもっていたなら
ミュウよ　おまえの無念の失命は
九つ目の命の果てだった？

たごとのつき

うたたねからさめると
バスの窓の外に
田植えをおえたばかりの水田がひろがっていた
縹いろの空に上弦の月
水面に片割れのような半月がふるえている
淡い光をぬって幻聴めく声は
あの日の若い母らしい

〈　た・ご・と・の・つ・き　〉

家族みんなが出はらって
母とふたりだけの夕食だった
甘酸っぱいとろみの上の豆腐
その真ん中をまあるくえぐったくぼに
ゆったりとのっている卵の黄身
蒸したての湯気がやさしい

〈つき〉はお月さま
〈たごと〉は？
〈田毎〉と知ったのはずっとあとのこと
いつもとちがうがらんとした茶の間の
さびしいような
うれしいような食卓に　まぜご飯と
きれいでおいしいふたつの　たごとのつき
幼いおなかも心も幸せだった

桜粥
卯の花
山吹和え
袱紗包み
素朴なお惣菜にそえられた名づけの妙に
年経てなんどもほれぼれとした
そのずっとはじめのところに
今もあざやかにある
田毎の月
母のちいさな遊び心

稲田は遠のいて
降る光は街の灯ととけあい
まもなく終点

瞼の裏のふたつの弦月を
おそい夕餉の客人としようか

健診の日に

採血がおわると
ピンクの砂時計を手渡された
壁の指示がいう

　　血液を採った後はもまないで五分間
　　しっかりおさえて下さい

壁際の十人ほどの男女の手にも
小さな砂時計が握られて
それぞれの五分計を流れる砂の色は

どぎついほど鮮やかだ
青　黄　黄緑　ピンク
無彩色の狭い空間に
音もなく滴り落ちる色の糸はなまなましい
握る人の血の色かもしれない

無言のまま半ば目を伏せながら
落ち切る一瞬を待つ人びとは
落ち切った瞬間
安堵の吐息といっしょに
カーテンの外へ
ざわめく現実へ
のこされた砂時計は
つぎの誰かに手渡されて

廊下で深呼吸をくりかえす
さっきまでかざすように握られていた「時」が
滓のように皮膚の下にはりついている
そのとき一瞬のめまいの中で
たしかに見たのだ
わたしによく似た人影が
小さな砂時計をもったまま
巨きなもうひとつの砂時計の中を
下降してゆくのを

どこから降ってきたのか
半透明の紙片が宙を漂っている

　この世に生を受けた後は　終りの日まで
　心こめて持ち続けなさい

その前の日

研修医と青年看護師が立ち去った
一人部屋の宙ぶらりんな時間に
ふたりの声がまだらにゆれる

窓の外に街中の夕暮れがはじまろうとしている
高さも幅もふぞろいの集合住宅群
壁面にならぶ無数の窓とベランダ
遠慮がちな一戸建ての家々の屋根
きのう金木犀の香りにむせた小路はどのあたりだろう

ふいに　ひとつの建物のひとつの窓に眼が吸いつけられる
初めての眺めなのになつかしい
電柱のすぐ向こう
ひとところカーテンを閉めずにおいたあの窓　あれは
今朝だれもいない廊下に
行ってきます　ひと晩留守をよろしく　と出かけてきたところ

急性ホームシックにかかりそうになったので
あわててまだらの声の断片をかきあつめていると
明日　血管の中を心臓までのびてゆく細い管が
ひんやり神経にふれてくる

カテーテルって
お菓子の名前みたい
友人とのおしゃべりを

そばで聞いていた五歳のマユミちゃんが言ったっけ
〈明日　あの窓のある部屋に帰れるだろうか〉

窓の奥で影のようなものがゆらゆら
コーヒーカップ片手にクロスワードパズルにのめりこんでいる
パソコンのキーに指をおいたままぼぉっと宙をみている
気まぐれに買った鉢植えに水やりをしている
携帯電話を耳に口をあけて笑っている
遠来の古い友と鍋をつついている

あれはわたしの明け暮れではないか
わたしの昨日や去年が漂っているらしい
苦くて甘い　玉虫色の日と夜

〈あそこに帰ってゆけるだろうか　明日の夕方〉

墨色の夕闇にのみこまれていく窓をみつめながら
カテーテル　と呟いてみる
マユミちゃんの声にかさねて
お菓子の名前をいうように

陶片

すべり落ちた瞬間　頭をよぎった
こんな日がくることを
ずっと忘れていた　と

旅の店先でえらばれた日から
あるじの質素な食卓に
ちいさな愉しみと慰めをそえてきた

幾たびもの四季のめぐりと
幾つもの笑みと涙を
盛られるものたちとわけあった

お客たちがほめそやした
矢羽根の文様は　いまも
飛ぶいきおいを失くしていないけれど——

掌と眼差しのぬくもり
洗われてくるまる布巾のやわらかさ
食器棚のあの場所のほどよい暗さ

ぜんぶ覚えている
やがて
ぜんぶ忘れるだろう

いつか　あるじが土塊に還っても
朽ちない月日を
果てもなくまどろみつづける

解説　「自分をつつみこんでいる時間」を他者に広げる人

――いとう柚子詩集『冬青草をふんで』に寄せて

鈴木比佐雄

1

いとう柚子氏の詩篇を読んでいると、自分がいつも急かされている日常の時間感覚が遮断されて、どこか懐かしいけれども異次元にも似た本来的な時間感覚が甦ってくる気がする。いとう氏の詩語のしなやかな魅力は、そのような独特のゆるやかな時間感覚に読者を導いてくれる。どこか言葉の森から大切な言葉を収穫してテーブルに広げるように、読者を迎い入れて時空間を分け合うような感覚で、本来的な時間が何であるかを静かに問いかけて伸びやかにその時間を広げている。

いとう柚子氏は、山形県山形市に暮らし、すでに三冊の詩集を持つ詩人だが、八年ぶりに第四詩集『冬青草をふんで』を刊行した。その前に既刊の三冊の詩集について触れてみたい。第一詩集『まよなかの笛』は一九八七年に刊行されたが、あとがきによると十年の歳月をかけたという。その中の最後に置かれた詩「一本の樹」を引用する。

まだ踏み入ったことのない／遠い森の奥深く／まだ見たことのない　けれど／確かな出会いが約束されている樹がある／／あさ明け／銀色の大気の中で冬芽を抱いた梢に／霧氷の華を震わせているときも／茜色の残照を背に／夜気につつまれ闇に吸いこまれていくときも／わたしはその下に立って／かれを仰ぎみることはないだろう／／わたしと出会い／地上で最後の役目を果たす日まで　かれは／いくたび若葉の匂いと落葉の音を／いくたび炎暑と酷寒を／年輪に滲みとおらせるのか／わたしの皮膚とこころの積層に／いく千日のよるとひるが刻まれるのか／／定められたある日／樹であることから／人間であることから／ついに解き放たれる時を共有しながら／ふたりははじめて／互いの歴史を語りあうだろう／そのとき／燃えさかる鉄炉の焰の中で／森をめぐるけものや風の物語も／街の広場にひしめいていた／わらいや諍いの挿話も／あざやかな点景となるだろう／／わたしの小さな骸を抱きとるために／わたしの柩の六面に装われるために／地上のどこからか／いまも確かに近づいている／いとおしい一本の樹　（「一本の樹」全行）

この詩には、一本の樹木とその樹に魅せられた人間との生から死に向かう生涯にわたる深い関りが暗示されている。「遠い森の奥深く」に「確かな出会いが約束されている樹がある」と言い、けれども朝昼晩の日常的に「わたしはその下に立って／かれを仰ぎみることはないだろう」と箇単に触れ合うことは出来ない。なぜなら「定められたある日／樹であることから／人間であることから／ついに解き放たれる時を共有しながら／ふたりははじめて／互いの歴史を語りあうだろう」と、互いの命が尽きる最期の時まで出会うことはないと、二つの存在を透視しているかのようだ。そしてついに樹は伐採されて柩となり、人は「小さな骸」となって初めて出会う宿命だからだと物語る。いとう氏は「いとおしい一本の樹」とその日を想像しながら呟き、無限の対話をまだ見ぬ樹と試みている。私たちは柩に眠る親しい死者を見て張り裂ける思いに駆られる。けれどもいとう氏は死者と「いとおしい一本の樹」から出来ている柩は、ようやく辿り着いた最後の住みかであると語り、「わたしの小さな骸」もまたそこに帰って行くのだという、人間と樹木の存在関係の突き詰めた認識を物語っている。私が先に感じた「独特の時間感覚」とは、様々な来歴を抱えて「互いの歴史を語りあう」二つの存在の言葉が、読者の心に響き渡る豊かな時間を指し示しているのだろう。

2

二〇〇〇年に刊行された第二詩集『樹の声』（二十篇）もまた、「一本の樹」との対話を継続し、さらにその樹と共存している鳥との営みに聞き入っている。詩集題にもなった詩「樹の声」を引

用する

去年の秋の終わりに　おまえは／石垣沿いの坂道に落ちていたのだった／翼は黒々と　黄色の尾は鮮やかに／朝陽に光っていたが／動かない一個の物だった／／拾いあげると／不思議な重さと冷たさが／掌から手首へ　そして／背の芯へと走った／あれは／空を呼吸していた日々の記憶の重さだったか／／石垣の上の／いそがしく葉を降らせている桜と／松の古木の間におまえを埋めて／あれからあの道を通ることはなかったが／／低い短調の空の下で繰り返される暮らしの／不意の一瞬に／おまえの重さと冷たさはあらわれ／あの日の方へわたしを振りむかせる／／落ち葉にくるまって／土へと朽ちていく黒い羽毛と黄色い尾に／時の手は／どのように添えられるのか／巡ってくる何度目の桜の花びらに／おまえは甦るのか／一本の常緑の木のどこに／その命が託されるのか／／時の中を通過するすべてのものの記憶の影を／地の底からすくい上げて立つ／樹の無言を／きょう　聴きに行く　（「樹の声」全行）

いとう氏は「翼は黒々と　黄色の尾は鮮やか」な鳥の死骸を見つけ、「拾いあげると／不思議な重さと冷たさ」が全身を駆け巡った。その衝撃は「空を呼吸していた日々の記憶の重さだったか」と死骸の存在から、鳥の「日々の記憶の重たさ」を感受してしまったようだ。そして石垣の上の古木の間に埋めて立ち去ってしまう。けれども、いとう氏は身体に刻まれた「おまえの重さと冷たさ」を想起し、「おまえは甦るのか／一本の常緑の木のどこに／その命が託されるのか」と問い続ける。樹は「時の中を通過するすべてのものの記憶の影を／地の底からすくい上げて立つ」存在であることの秘密を知ってしまい、もしかしたら自分が古木の間に葬った鳥に対して、「おまえは甦るのか」という願いを聞き届けてくれるかも知れない霊的な存在でもあるのだろう。それゆえに、いとう氏は「樹の無言を／きょう　聴きに行く」ことを促される。不思議なことに第一詩集の詩「一本の樹」では、樹は「小さな骸」になって初めて出会い死者と最後の語らいをする「棺」でありどこかレクイエムのような存在と化していた。しかし第二詩集の詩「樹の声」では、樹は「動かない一個の物」を甦らせる「一本の常緑の木」であり、無言の希望の歌のように思われる。

第二詩集『樹の声』のあとがきの冒頭の部分を引用してみる。

「実生活の出来事にともなう哀歓とは別に、いつ頃からか、ふとした折に、自分をつつみこんでいる時間というものの不思議さに心が向かうようになりました。地上に期限つきの時間をあたえられて在る自分（をふくめたすべての生き物）―それはつまるところ、三十六億年の生き物の歴史の中の、点のような存在だという実感です。」

いとう氏の「自分をつつみこんでいる時間というものの不思議さ」は、宮沢賢治が詩「春と修羅」の最後の四行目で語った「（このからだそらのみじんにちらばれ）」という自らが解体することによって、「宇宙意志」にかなうことに気付いた時の驚きにも重なってくると思われる。山形のいとう氏の「自分をつつみこんでいる時間」は岩手の賢治の「宇宙意志」と深くつながっており、東北の夜空から宇宙的な詩的精神を共有しているに違いない。

いとう氏の第三詩集『月のじかん』（二十三篇）もまた私たちの忘却している本来的な「自分をつつみこんでいる時間」を「月のじかん」として甦らせてくれる。

しまい忘れた鉢植えを取り込もうと／ベランダに出る／ほの白い闇の下に沈んでいるのは／閉じた街の一日だ／闇をくぐって聞こえた電話のベルも／すぐに途絶えた／／月がでている／あの月が満ちるのはたぶん明日の晩／深く息を吸うと／わたしの今日が／すこしずつほどけてい

く／ほどけながら／ルナティックな匂いと光を浴びて／こころはざわめくものでいっぱいになる／／通りひとつ向こうの病院の屋上に／柵にもたれている人影／ずうっといたのだろうか／月明かりのなかに浮かぶその人は／わたしの胸のあたりが／ただならぬ色に染まっていくのに気づいただろう／気まずさを取り繕うすべもない／鉢植えを手に立ちつくしていると／／あなたはだれですか／こんなよふけ／なにをしているのですか／そこからわたしがみえますか／そこにそうしているあなたにとって／ここにこうしているわたしはなにものですか／こんなにざわめいているわたしのこころがみえますか／／わたしがその人へ発したのか／その人からわたしへ届けられたのか／耳の底をふるわせる声は／月のじかんをただよい　いつしか／屋上の人の胸のあたりも／ルナティックな色に染まっている　（「月のじかん」全行）

いとう氏の「わたしの今日が／すこしずつほどけていく／ほどけながら／ルナティックな匂いと光を浴びて／こころはざわめくものでいっぱいになる」という、今日が終わった後に異次元の時間が月光浴によって現れてくるのを掬い上げている。月見とは本来的には、一人で月の光浴びながら日常の時間の欠落した何かを本来的な時間に転換していくことなのかも知れない。いとう氏は詩の試みは、そのような人間にとって最も大切な時間を取り戻し、命の深層を気付かせようとする精神の働きのように感じられる。

3

今回の第四詩集『冬青草をふんで』は二十五篇の詩が収録されている。その冒頭の序詩「冬青草《ふゆあおくさ》をふんで」を読んでみたい。

秋野の果てをふみこして／足裏にはいま／冬草の原／片時雨がやんで／みじかい草々に／いつくしむように陽差しがそそいでいる／／いっしゅん青緑の広がりに／なつかしい匂いがみちわたる／記憶の底ふかくから掬いあげられる／春のさざめきを／夏のまぶしさを／もうしばらく抱きしめて歩いてみよう／／すぐそこであるような／まだすこしむこうであるような／ほんとうの果てで／一人称の物語が閉じられる／その日も　きっと／この草の原から遠くはなれた／見知らぬ明るい地で／見知らぬだれかの胎内に／あたらしい命が育ちはじめている

冬青草は俳句歳時記にも載っていて、冬にも青を失わない草で、湧き水のほとりや田んぼや河原の土手などの日当たりの良いところに生えている冬草を指している。「冬草の原／片時雨がやんで／みじかい草々に／いつくしむように陽差しがそそいでいる」と月光浴のように、日光浴をしている冬草の喜びを一緒に感じているかのようだ。そして「いっしゅん青緑の広がりに／なつかしい匂いがみちわたる／記憶の底ふかくから掬いあげられる／春のさざめきを／夏のまぶしさを／もうしばらく抱きしめて歩いてみよう」と「冬青草」の青から、春や夏の青緑の世界に想像力を膨らませていく。「冬青草」とは春や夏の予兆であり、そこから最終連の「この草の原から遠くはなれた／見知らぬ明るい地で／見知らぬだれかの胎内に／あたらしい命が育ちはじめている」と「新しい命」の芽生えに希望を託してこの詩を締めくくっている。「一本の樹」の出逢いから始まり、「樹木の声」に耳を澄まし、「月のじかん」に入り込み月と対話し、現在は「冬青草」を踏みしめながら次の世代の命の芽生えをいとう氏は讃美しているのだろう。

新詩集の他の詩篇を通読して強く感じたことは、言葉と存在の関係に何か深い親密感があり、またその関係に気持ちのいい微風が吹いているような気がする。一行の言葉が終わり、次の行に向かう時に潤滑油のような気持ちの熱量が伝わってくる。読者がいい空気を吸いながら作品の中に入り込めて、「自分をつつみこんでいる時間」が流れていて多くの共感が得られるだろう。

Ｉ章の冒頭の詩「長い散歩」では、「存命なら百二十歳をこえているはずでしょう」と「ちいさい姉のきょうの散歩」の途中で、姉が恩師との再会を語り出す不思議な詩だ。いとう氏の詩のＩ章の時間は、「ちい姉」などの家族や知人を通して戦中戦後から現在にまでつながっていく。

Ⅱ章の冒頭の詩「ゴールウェイの街で　―あいるらんど―」では、アイルランドに旅していると、街角で「家族とおぼしき沖縄の三人が／安里屋ユンタを披露している／張りのある声とリズムは／辺りの大道芸人の誰よりもお客を集めて」いた。その後の「島唄のメドレーはこの街にとても似合っている」と語る。そして「あの人たちにとって　わたしは／〈同国の人〉だったのか／もしかしたら／〈沖縄人《ウチナンチュ》〉ではない〈大和人《ヤマトンチュ》〉という外国人だった？」といとう氏は自問するのだ。Ⅱ章の詩篇では、いとう氏は英語の教師をしていたこともあり、外国語の発想から日本を相対化する視線で日々の暮らしを見詰めている。

Ⅲ章の冒頭の詩「らくしゅ」では、「てが落ちるって　なに?／ノブ君の　なに?　はいつも不意打ちだ／わたし宛の絵葉書をながめている」と童心の素朴な疑問から、「不意打ち」の問いこそが、世代を超えたコミュニケーションの秘訣であると伝えてくれている。Ⅲ章では、そんな分かり切っていると思われている言葉をその対応する存在と照らし合わせその関係の本来的であり新しい意味の可能性を問いかけている。

以上のようないとう氏の「冬青草」という自然を通して存在と言葉の新たな関係を問い続け、「自分をつつみこんでいる時間」を他者に広げていく詩篇を読んで欲しいと願っている。

あとがき

二〇〇五年創刊以来所属した同人誌「E詩」（旧誌名「む」）は、芝春也氏主宰の、山形市在住者のグループでした。こじんまりとした同人誌ではありましたが、合評会での芝さんの柔かな、時折ユーモアのあるコメントにはしばしば鋭い批評や指摘が込められていました。合評会を開くことが叶わなくなってからも、毎号発刊のたびに、芝さんは同人及び同人以外の読者の批評・感想を、丹念に「E詩めーる」という形にまとめて送って下さいました。主宰の健康上の理由から二九号で終刊に至ったのはとても残念でしたが、詩を書くこと・読むことについて考える貴重な場と時間を与えてもらった十余年だったと思います。このたびの詩集は二〇一三年以降に「E詩」に発表した作品を中心に編んでいます。未だに〈詩のようなもの〉からステップアップできないのは我ながらもどかしいのですが、読んだ人の心に届く作品が一篇でもあればと願っています。

定年退職後の年月は「こんなはずではなかった」と思うことが不意打ちで続き、特にこの十数年間は、山形を離れることができない生活を余儀なくされました。退職後に実行すべく準備を重ねていた二つの大きな計画が実現不可能となり、その憤懣と鬱屈はなかなか胸底から削除も消去もできません。またここ五年の間に四人の身内を喪くしたことも心身にこたえました。とりわけ父親的存在でもあった兄の他界は一年以上経た現在も受け入れ難く、日常的に感じる寄る辺なさに果たして〈時間薬〉なるものは効いてくれるのか、甚だ心もとない心境です。

これまで三冊の詩集は十年以上の間隔をおいて出してきました。今回はちょっと違います。のんびり屋でマイペースの私ですが、八〇歳を目前にして不意に心が動いたのです。もし纏めるなら余りのんきに先延ばしはできないなと。なにかにつけてライフサイクル上の我が位置を意識せざるをえなくなっている、ということでしょう。吉野弘の詩集『北入曽』に「自分自身に」という詩篇があります。時折思い浮かべるのはその冒頭のフレーズ、〈他人を励ますことはできても／自分を励ますことは難しい〉。こうして言葉と向き合った時間を詩集という形にする作業を通して、ともすれば弱気になる自分を励ましてきたのだと、今私は感じています。

作品をまとめる上でさまざまな貴重なアドバイスをいただいた万里小路譲氏、編集から発行まで丁寧に相談にのって下さったコールサック社・鈴木比佐雄氏に深く感謝申し上げます。鈴木氏には、第一詩集『まよなかの笛』からこのたびの『冬青草をふんで』まですべての詩集に目を通して過分の解説を書いていただきました。誠にありがとうございました。

二〇一九年　六月

著者

いとう柚子（いとう　ゆうこ）

1941 年　山形県新庄市生まれ
1963 年　山形大学文理学部卒業
1987 年　詩集『まよなかの笛』　（あうん社）
2000 年　詩集『樹の声』　（書肆犀）
2011 年　詩集『月のじかん』　（書肆犀）

日本現代詩人会会員
山形県詩人会会員
山形市芸術文化協会会員　理事
同人誌「阿吽」「ささら」「E 詩」を経て現在所属なし

現住所　〒 990-0044　山形市木の実町 9-52-311
E-mail　fwjc0993@mb.infoweb.ne.jp

石炭袋

いとう柚子詩集『冬青草をふんで』

2019 年 6 月 21 日初版発行
著者　いとう柚子
編集・発行者　鈴木比佐雄

発行所　株式会社 コールサック社
〒 173-0004　東京都板橋区板橋 2-63-4-209
電話 03-5944-3258　FAX 03-5944-3238
suzuki@coal-sack.com　http://www.coal-sack.com
郵便振替　00180-4-741802
印刷管理　（株）コールサック社　制作部

＊装幀　奥川はるみ

落丁本・乱丁本はお取り替えいたします。
ISBN978-4-86435-392-2　C1092　￥1500E